GUÍA DE LECTURA

Escrita por Flore Beaugendre
Traducida por Laura Bernal Martín

Lolita

de Vladimir Nabokov

VLADIMIR NABOKOV

ESCRITOR ESTADOUNIDENSE DE ORIGEN RUSO

- **Nacido en 1899 en San Petersburgo (Rusia)**
- **Fallecido en 1977 en Suiza**
- **Algunas de sus obras:**
  - *La defensa Luzhin* (1930), novela
  - *La dádiva* (1937), novela
  - *Lolita* (1955), novela

Vladimir Nabokov nace en 1899 en una familia aristocrática rusa. Se ve obligado a abandonar su país natal durante las revoluciones rusas y se refugia en Europa, donde comienza estudios literarios y escribe sus primeras obras. Entre ellas, destacan *La defensa Luzhin* (1930) y *La dádiva* (1937), que le permiten ser reconocido en el círculo de escritores rusófonos.

Nabokov emigra a Estados Unidos y consigue la nacionalidad estadounidense en 1945. Siempre rechazará formar parte de la URSS, por lo que escribe en inglés. Es de cara a este nuevo público que adquiere una cierta notoriedad, que acaba aumentando y convirtiéndose en mundial en 1955, año en que publica *Lolita*. A continuación, sacará a la luz un gran número de obras. Este autor imprescindible de la literatura del siglo XX fallece en 1977 en Suiza.

LOLITA

UNA ESCANDALOSA NOVELA

- **Género:** novela
- **Edición de referencia**: Nabokov, Vladimir. 1975. *Lolita*. Traducido por Enrique Tejedor. Barcelona: Grijalbo
- **Primera edición:** 1955
- **Temáticas:** pasión amorosa, infancia, deseo, venganza, celos, mito de Salomé

Lolita es la obra más conocida de Nabokov. Narra la obsesión con un destino particularmente trágico que siente el cuadragenario Humbert por Dolores Haze, una «nínfula» estadounidense de solo 13 años. Una versión edulcorada de esta trama nace con *El encantador* (1939), que el propio autor describe como «el primer y leve latido de *Lolita*».

La obra sufre el rechazo unánime de las editoriales estadounidenses, y finalmente es publicada por primera vez en 1955 en París en el seno de una colección de novelas escabrosas e incendiarias. Su aparición provoca un escándalo general, y su difusión llega incluso a prohibirse en varias ocasiones.

RESUMEN

El relato se abre con una nota del editor, en la que afirma que la historia se basa en el manuscrito de Humbert. Nos cuenta la muerte de este último en la cárcel, así como la de Lolita. El objetivo de la intervención de un editor ficticio es darle una dimensión realista y autobiográfica al relato.

UN AMOR DE INFANCIA DETERMINANTE

Humbert, el narrador, es un hombre en la treintena. Evoca sus relaciones con las mujeres, dominadas por el deseo que siente hacia chicas muy jóvenes. Para explicar esta atracción, Humbert nos cuenta su infancia en Europa y su «fase "Annabel"» (Nabokov 1975, 8), su primer amor a los 13 años. Narra la pasión que le unía a esta chica de su edad y la conmoción que le causó su repentina muerte. Ve en este episodio de su vida el factor desencadenante de su atracción futura por «nínfulas», cuyas características define: una nínfula se sitúa necesariamente antes de la pubertad, entre los 9 y los 14 años. Aunque debe ser bonita, no tiene por qué ser la chica más guapa de todas: se trata más bien de un sentimiento del narrador, el único capaz de percibir la «naturaleza no humana, sino nínfica» (Nabokov 1975, 9) de una chiquilla. Solo se ofrecen algunas pinceladas de su pasado «pre-Lolita», ya que es evidente que lo que quiere es ofrecerle al lector las claves necesarias para que pueda apreciar a su personaje.

Tras el fracaso de su primer matrimonio, emigra a Estados Unidos, donde sufre una depresión. Allí conoce a la familia

Haze, que alquila un apartamento en Ramsdale, y describe su primera impresión de Dolores, tumbada en la *piazza*: «[...] y vi sobre una estera, en un estanque de sol, semidesnuda, de rodillas, a mi amor de la Riviera que se volvió para espiarme sobre sus anteojos negros» (Nabokov 1975, 22). Poco a poco, asistimos al nacimiento de un juego de seducción dirigido infantilmente por Dolores, pero que satisface al narrador.

A partir de ese momento, este comienza a escribir un diario en el que describe día tras día la pasión voraz que siente por la niña, así como sus intentos de acercarse a ella. También retrata de pasada a la madre de la preadolescente, Charlotte Haze, a la que considera una desagradable «vieja estúpida» (Nabokov 1975, 55). Sin embargo, la tranquilidad de Humbert se ve trastocada cuando esta le anuncia que va a enviar a su hija a un campamento de verano. Poco después, la señora Haze le declara de repente su amor. Aunque en un primer momento siente repulsión, Humbert ve en ello la oportunidad de quedarse indefinidamente junto a su nínfula: «Imaginé [...] todas las caricias fortuitas que el marido de su madre podría derrochar en Lolita. La apretaría contra mí tres veces por día... todos los días» (Nabokov 1975, 40). Por ello, acepta casarse con la señora Haze y se convierte en el padre de Lolita.

A continuación, el diario cubre los miserables cincuenta días que pasa en compañía de Charlotte Haze. El mundo del narrador se desmorona cuando su mujer le anuncia su decisión de internar definitivamente a su hija: está atrapado. Pero un accidente rompe su cruel unión: la señora Haze descubre el diario de su marido. Conmocionada, sale corriendo de casa y es atropellada por un coche. Muere, como en los mejores sueños de Humbert. Comienza una nueva vida.

UNA PASIÓN VORAZ

Humbert va a buscar a Dolores al campamento en calidad de padre. Le hace creer que su madre está enferma y que van a verla al hospital. La niña retoma de inmediato su ingenuo juego de seducción. Pasan la noche en un hotel. Es entonces cuando, según afirma Humbert, Lolita da un giro a su hasta entonces inocente relación: «Yo había pensado que pasarían meses, años acaso, antes de que me atreviera a revelarme a Dolores Haze; pero a las seis ya estaba despierta, y a las seis y quince éramos amantes» (Nabokov 1975, 76). «Voy a deciros algo muy extraño: fue ella la que me sedujo»[1]. Pero Lolita, afligida, parece darse cuenta de repente de la situación y se arrepiente. Además, el narrador le comunica que su madre ha muerto, por lo que ahora es su única familia.

Humbert narra el interminable viaje, similar a una perpetua fuga, que comienza con Lolita a través de América, moteles y bungalós, riñas y reconciliaciones: «Habíamos estado en todas partes. No habíamos visto nada en realidad» (Nabokov 1975, 100). Se crea una relación tensa entre Humbert y su protegida, construida con chantaje y disimulo. Finalmente, Humbert decide poner fin a su periplo por dos motivos: tiene la esperanza de retomar una vida normal y se ve empujado a hacerlo por motivos económicos. Se instalan en Beardsley, donde Lolita vuelve al colegio, una institución

---

1. Cita traducida por ResumenExpress.com

privada. Allí, acude a clase de teatro y participa en una obra del dramaturgo Quilty. Así, intenta hacerse con una libertad que el narrador le niega. Por su parte, Humbert encuentra empleo como profesor universitario. No obstante, se ve progresivamente corroído por sospechas y celos y, tras la enésima disputa malsana, la niña le pide que vuelvan a ponerse en marcha.

Entonces, el dúo comienza un viaje con un itinerario trazado por Lolita. Humbert se da cuenta enseguida de que un hombre les sigue e intenta ponerse en contacto con la niña. Lolita juega a dos bandas, pero el narrador decide cerrar los ojos. Sin embargo, cuando cae enferma y es hospitalizada en «la fatal Elphinstone» (Nabokov 1975, 142), aprovecha para fugarse con un misterioso hombre que resulta ser Quilty. Más tarde le confesará a Humbert que «él era el único hombre por el cual había estado enloquecida» (Nabokov 1975, 157).

Conmocionado, Humbert comienza a buscarlo, investigando todos los moteles en los que el secuestrador deja burlonas pistas. Devastado, acaba por abandonar. Un año más tarde conoce a Rita, que se convierte en su pareja y en su apoyo: «[...] era la compañera más sedante, más comprensiva que he conocido nunca, y que me salvó del manicomio» (Nabokov 1975, 149). Algunos años después recibe una carta de Lolita: está casada, embarazada y le pide dinero a su «querido papá» (Nabokov 1975, 154). Acude enseguida a casa de la joven y de su marido, Dick. Dolores ya no tiene ni un ápice de «nínfula», pero el «amor a primera vista, a última vista, a cualquier vista» (Nabokov 1975, 156) que inspira en Humbert le lleva a proponerle que se fuguen juntos. Ella lo rechaza, pero acaba hablándole de su desaparición con Quilty. Nos enteramos de que este último la utilizó y después la abandonó. Humbert, impactado, decide entonces acudir a su casa con un arma. Quilty está ebrio y se muestra incoherente. El narrador lo tortura psicológicamente, le aplica una especie de juicio poético y venga a Lolita asesinándolo como a un animal.

ESTUDIO DE LOS PERSONAJES

HUMBERT HUMBERT

Humbert Humbert es el narrador-personaje y el protagonista de *Lolita*. Nace en 1910 en París, y encarna el arquetipo del europeo refinado y cultivado: este intelectual que vive de las rentas es profesor y, cuando tiene la ocasión, especialista en literatura. No es descrito físicamente: sabemos que es un hombre corriente pero seductor, y que tiene éxito con las mujeres.

En el plano psicológico, Humbert es muy inestable: es hospitalizado en dos ocasiones en una unidad psiquiátrica. Consciente de su superioridad intelectual, es mentiroso y manipulador. Le preocupan poco las convenciones y no busca vivir conforme a las normas sociales. Su pasión amorosa por Lolita es el centro de su existencia, fuera del cual es incapaz de crear lazos sociales. De esta forma, se trata de un personaje constantemente ajeno a la realidad.

La aventura que experimentó a los trece años es esencial para comprender al personaje: «En verdad, Lolita no pudo existir para mí si un verano no hubiese amado a otra...» (Nabokov 1975, 5). La conmoción que supone la muerte de su amada parece haberle atrapado en esta fase de la vida, y su obsesión por jovencísimas adolescentes es la consecuencia de la búsqueda de este amor, perdido demasiado pronto.

DOLORES HAZE

Dolores nace en 1935. La cría su madre, Charlotte, con la que no se entiende demasiado bien. Al comienzo del relato tiene 12 años. Humbert la describe físicamente y con gran fantasía en muchas ocasiones. A sus ojos, es la encarnación de la «nínfula». Cabe señalar que es esbelta, tiene pecas y su pelo es de color castaño.

Lolita es una chiquilla despierta e impertinente. El propio Humbert opina que no es demasiado inteligente y que es superficial. Se presenta como el producto perfecto de la sociedad de consumo de masas estadounidense de los años cincuenta. En la novela, aunque se hace evidente que es la que provoca las primeras relaciones amorosas con el narrador, no deja de ser una víctima superada por las circunstancias. Es una huérfana ingenua y perdida, una presa fácil para Humbert y Quilty. Nunca logrará alcanzar el estatus de mujer.

CHARLOTTE HAZE

Charlotte Haze es la viuda de Harold E. Haze, y se ha instalado hace poco en Ramsdale. Aunque Humbert la describe a menudo en términos peyorativos, este confiesa que es una mujer hermosa, con una feminidad visiblemente exacerbada. Al igual que su hija, Charlotte es ligeramente vulgar, poco culta y no demasiado inteligente. Con todo, la descripción que ofrece el narrador no es totalmente fiable y el lector debe intentar entender al personaje por sí mismo.

No está muy presente y ocupa un papel secundario en el

relato, como demuestra la poca información que tenemos sobre ella. Sin embargo, se trata de una figura capital en la obra debido a su relación con su hija. De hecho, no es nada indulgente con Dolores y está celosa de ella: parece verla más como una rival en su conquista de Humbert que como una hija. Así, la eleva al rango de mujer incompleta, lo que tiene graves consecuencias.

CLARE QUILTY

Clare Quilty es un protagonista invisible, pero omnipresente. Se habla regularmente de él, pero siempre de forma indirecta, ya sea en boca de otros personajes o bajo la forma de una simple voz («una voz masculina se dirigió a mí», Nabokov 1975, 73), y así hasta su aparición en la escena final de la ejecución. La presencia entre visillos de Quilty lo convierte en un personaje amenazador. Las alusiones dispersas sobre su persona también revelan su importancia.

Clare Quilty es un dramaturgo moderadamente conocido y un ser decadente. Puede comprenderse como el doble de Humbert, su competencia. Ambos tienen la misa edad, usan el mismo tipo de lenguaje y los dos desean a Lolita. Por tanto, el enfrentamiento final es ineludible. Al acabar con él, Humbert se castiga al mismo tiempo por sus «crímenes», similares. Lo único que varía es la manera en que lo hace.

CLAVES DE LECTURA

LA FORMA AUTOBIOGRÁFICA

Humbert, según el ficticio John Gray, el supuesto editor, habría titulado su manuscrito *Lolita* o *Confesiones de un viudo de raza blanca*. Este título evoca a *Las confesiones* de Rousseau (escritor francés, 1712-1778), obra fundadora del género autobiográfico, siendo posiblemente *Lolita* una parodia de la misma. Es preciso recordar que no es casualidad que Humbert sea un especialista de la literatura francesa.

De hecho, el narrador subvierte los códigos de la autobiografía promulgados por Rousseau en su preámbulo: absoluta sinceridad, confesión de pecados y coherencia; se trata de mostrar «toda la verdad de la naturaleza» (Rousseau 1889, t.1:1). Este no es el caso en *Lolita*, donde:

- la temporalidad está totalmente deconstruida: el relato está hecho de distorsiones y digresiones, sin tener en cuenta la duración real de los hechos. Humbert no respeta en absoluto la linealidad de su existencia y al proceder de esta forma demuestra que solo quiere contar lo que le interesa (capítulos 1-5);
- Humbert expresa en varias ocasiones arrepentimiento y desesperanza ante el sufrimiento de Lolita: «Y había momentos en que sabía cuanto pasaba por ti, y saberlo era el infierno, mi pequeña Dolita [sic], aguerrida Dolly Schiller» (Nabokov 1975, 165). Pero estas confesiones son esporádicas y a menudo están destinadas a un jurado compasivo: «¡Señores del jurado! ¡Sobrellevadme!»

(Nabokov 1975, 71).

- Su confesión está colmada de mala fe, de complacencia y de laboriosas justificaciones: «La estipulación del código romano según la cual una niña de doce años puede casarse [...] aún subsiste [...] en algunas partes de los Estados Unidos» (Nabokov 1975, 77); «Voy a deciros algo muy extraño: fue ella la que me sedujo»[2] . La sinceridad del personaje se cuestiona constantemente;
- podemos preguntarnos si Humbert es un narrador fiable. Sabemos que sufre problemas mentales (ha sido hospitalizado en varias ocasiones) y también que le encanta mentir. Incluso reivindica esta propensión a la invención, lo que contradice por completo su pretensión de realizar una confesión.
- Podemos ver en esta supuesta autobiografía una sátira al género y a su inherente hipocresía.

EL RECURSO AL MITO DE SALOMÉ

Lolita puede considerarse por varios motivos una actualización del mito de Salomé relatado en los Evangelios: la hija de Herodías, una muchacha joven, es utilizada por su madre para manipular a su marido, Herodes. Este último le pide a Salomé que baile para ella. Hechizado por la belleza y la sensualidad de su hijastra, le dice que puede pedirle todo lo que desee. Entonces, ella solicita la cabeza de Juan Bautista en una bandeja.

El trío actancial es el mismo en ambos casos, ya que la joven

---

2. Cita traducida por ResumenExpress.com

seduce a su padrastro ante los ojos de su madre.

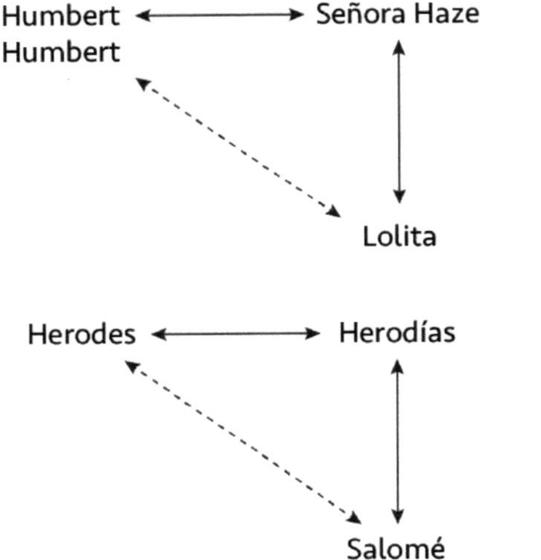

El poder fatal de Salomé reside en su juventud y su gracia, así como en su danza lasciva. Dolores, por su parte, es una «nínfula» fascinante a ojos de Humbert. Le suplica que baile para él, y esto tras haberle hecho promesas. El paralelismo es evidente:

> «Durante ciertas noches intrépidas, en Beardsley, también le había pedido que bailara para mí con la promesa de algún regalo, y [...] los ritmos de sus miembros no del todo núbiles me daban placer» (Nabokov 1975, 132).

Salomé es sinónimo de destrucción no solo para el profeta Juan Bautista, sino también para el rey Herodes, que pierde su libre albedrío y el control sobre sus actos. Lo mismo sucede con la inconsecuente Lolita, que tiene el destino de Humbert en sus manos y provoca la muerte de Clare Quilty (e indirectamente, la de su propia madre).

El último lugar, Salomé es definida como «el mito de la lucha eterna entre la mujer y el hombre, la carne y el alma, lo irracional y lo intelectual»[3] (Brunel, 1240). Esto también puede aplicarse a la relación entre Humbert y Lolita o, en términos más amplios, a las relaciones de Humbert con el género femenino.

LA INFLUENCIA DE LILITH EN NABOKOV

Lolita, apodo elegido por Humbert, ofrece un evidente paralelismo fonético con Lilith. Nabokov explicita este vínculo en la siguiente frase: «Humbert era perfectamente capaz de tener relaciones con Eva, pero suspiraba por Lilith» (Nabokov 1975, 11). El poema titulado «Lilith» que escribió en 1928 demuestra que el mito le es familiar. En él, nos presenta a una chiquilla que se parece mucho a nuestra heroína moderna.

En la tradición judía, Lilith habría sido la primera mujer de Adán, antes de que este la expulsara del paraíso terrestre. Entonces se habría convertido en una súcuba (demonio que toma la apariencia de mujer para mantener relaciones sexuales con un hombre). Al mismo tiempo, es la encarnación de un demonio sexual y de una mujer fatal y dominadora.

---

3. Cita traducida por ResumenExpress.com

Humbert insiste en varias ocasiones en el lado demoníaco de su querida y de las «nínfulas» en general: «[...] su verdadera naturaleza, no humana, sino nínfica (o sea demoníaca)» (Nabokov 1975, 9). Al igual que Lilith, Lolita se niega a someterse, traiciona al hombre y se da a la fuga, lo que lo sume en el infierno. Simboliza la destrucción y la influencia diabólica de la mujer.

Lilith es la antítesis de la mujer arcaica que encarna la dócil Eva, la segunda mujer de Adán, que es tanto una mujer-esposa como una mujer-madre. Charlotte Haze es la encarnación de esta feminidad adulta que Humbert rechaza en favor de Lolita. Lilith representa, por el contrario, a la mujer incompleta, rechazando la sexualidad clásica y la procreación. Por ello, Lolita es esta Lilith, la mujer-niña con la que el hombre no puede casarse porque no posee ninguno de sus atributos. El último ejemplo de esta incapacidad de ser mujer puede verse reflejado en la muerte de Dolores durante el parto, trayendo al mundo a una hija muerta. Lilith no logra acceder al rango de Eva.

LA POSTERIDAD DE LOLITA

La palabra «Lolita» se ha convertido hoy en día en un sustantivo común, que se utiliza para hablar de una joven adolescente estereotipada cuyo comportamiento no va acorde con su verdadera edad. Sería simplista afirmar que esta descripción se corresponde con el personaje original, mucho más complejo y ambiguo. La heroína de Nabokov, por tanto, ha sido extraída de la novela para convertirse en un icono moderno de pleno derecho. El personaje se ha escapado de su autor.

Las razones de este fulgurante éxito residen en gran parte en el contexto de su publicación: *Lolita* aparece en 1955, una época en la que la sociedad de consumo está en auge en Europa y, sobre todo, en Estados Unidos. Sébastien Hubier explica este fenómeno:

> «[Los inocentes doctos] se acercan primero a antiguas figuras míticas antes de convertirse en ellos mismos en un mito moderno, asociado directamente al auge de la sociedad de consumo y a la irrupción de la cultura de masas. Por eso están tan estrechamente relacionados a las características y a las grandes contradicciones de esta última [...]»[4] (Hubier 2007, 15).

Lolita es, por lo tanto, una nueva figura de la mujer-niña fatal en congruencia con la realidad y las evoluciones de la sociedad moderna: el consumo como regla de vida, el culto a la juventud y al cuerpo, etc. Encarna todos estos grandes cambios.

---

4. Cita traducida por ResumenExpress.com

ALGUNAS PREGUNTAS PARA PROFUNDIZAR EN SU REFLEXIÓN...

- La novela transmite algunos clichés sobre el desfase existente entre la vieja Europa y Estados Unidos. ¿Cuáles? ¿Cómo se manifiesta este hecho?
- ¿Cómo explica que *Lolita* sea una novela incómoda? Comente la siguiente cita: «[Humbert es] un anormal. [...] Pero, ¡con qué magia su violín armonioso conjura en nosotros una ternura, una compasión hacia Lolita que nos entrega a la fascinación del libro, al propio tiempo que abominamos de su autor [Humbert]!» (Nabokov 1975, 4).
- Nabokov afirma: «[...] *Lolita* no tiene lastre moralizante. Para mí, una obra de ficción sólo existe en la medida en que me proporciona lo que llamaré lisa y llanamente placer estético [...]» (Nabokov 1975, 182).
- Esta no es la primera vez en la historia de la literatura que el protagonista de una novela es un ser moralmente abyecto. Cite algunos ejemplos.
- ¿Podemos detectar una trama policíaca en *Lolita*? Justifique su respuesta.
- En su opinión, ¿qué lugar ocupa realmente la madre en la trama de *Lolita*? Dicho de otra forma, ¿su relación con su hija es significativa?
- ¿Cómo cree que sería acogida la novela de Nabokov si se publicara en nuestra época?
- Lolita, al convertirse en un sustantivo común, se ha convertido en un icono moderno. Cite ejemplos de la

recuperación de personajes o de la trama de la novela de Nabokov para trasladarlos al arte (literatura, cine, música, etc.).

PARA IR MÁS ALLÁ

EDICIÓN DE REFERENCIA

- Nabokov, Vladimir. 1975. *Lolita*. Traducido por Enrique Tejedor. Barcelona: Grijalbo.

ESTUDIOS DE REFERENCIA

- Brunel, Pierre. 1988, *Dictionnaire des mythes littéraires*. París: Éditions du Rocher.
- Couturier, Maurice. 2010. Prefacio de *Lolita*, en *Lolita*. París: Gallimard, colección *Folio*.
- Hubier, Sébastien. 2007. *Lolitas et petites madones perverses: émergence d'un mythe littéraire*. Dijon: EUD, colección *Écritures*.
- Rousseau, Jean-Jacques. 1889. *Las confesiones*, tomo 1. Traducido por Álvaro G. Gil. París: Garnier Hermanos, Libreros-Editores.

ADAPTACIONES

- *Lolita*. Dirigida por Stanley Kubrick, con James Mason, Sue Lyon, Shelley Winters y Peter Sellers. Estados Unidos, Reino Unido: Seven Arts, AA Productions, Anya Pictures, Transworld Pictures, 1962.
  El guion de la película lo escribió primero el propio Nabokov, pero al final Kubrick no hizo más que inspirarse en él. Sin embargo, Nabokov se declaró satisfecho con el largometraje, que no se aleja casi de la novela, pero le otorga un lugar más importante al personaje de Quilty,

abordado solo superficialmente por Nabokov. Kubrick, al contrario, pone a Peter Sellers en primer plano en numerosas ocasiones, y lo hace desde el principio de la película: además, encarna un personaje menos amenazador.

- *Lolita*. Dirigida por Adrian Lyne, con Jeremy Irons, Dominique Swain, Melanie Griffith y Frank Langella. Estados Unidos: Pathé, 1997.
  Esta segunda película es más fiel a la novela, ya que Clare Quilty solo aparece al final de la obra e insiste sobre todo en el pasado de Humbert y en sus primeras experiencias en lo relacionado a «nínfulas». Lyne ofrece una versión más explícita de las relaciones sexuales entre Humbert y Lolita, algo imposible en los años sesenta, ya que la película de Kubrick tenía que pasar la censura.

www.resumenexpress.com

ISBN ebook: 9782806280305

ISBN papel: 9782806284068

Depósito legal: D/2016/12603/352

Cubierta: © Primento

Libro realizado por <u>Primento</u>, el socio digital de los editores